KB188435

비와 우산

비와
우산

김재분 현대시조집

매일 걷는 개울길에
풀꽃들은 물속 같은 하늘을 쳐다보고 있습니다.
그 옆에 앉아 가슴에 파란 물들이고 있습니다.
시어 하나 건져 볼까 해서 들꽃에게 말을 걸어봅니다.

늦게 현대시조를 알아가면서 매력을 느꼈습니다.
3장 6구 12소절에 하고 싶은 내용을 다 넣는다는 것이……
하지만 쓸수록 막막합니다. 갈수록 어렵습니다.
그래도 꿈꾸는 세계는(마음은) 간직해야 되겠지요.

감히 첫 시조집을 엮으면서 주저됩니다.
쓰고 고치면서 봄 가을 겨울을 보냈습니다.
늘 함께하시고 지켜주신 하나님 감사합니다.
시조 문학의 길을 열어 준 '문학 수' 발행인 현옥희 님, 가족들, 문우님들 고맙습니다.
아낌없는 격려와 용기를 주시고 바쁘신 중에도 서평을 써 주신 남곡(南谷) 김홍렬 선생님께 감사드립니다.

2021년 7월 시정원(詩庭園)에서
김재분

비와 우산

목차

제3부 **어느 날 물새처럼**

제4부 **호수와 달**

1

눈 쌓이는 밤

비와 우산

향기로 오는 그대

사랑이 올 것 같아
실개천을 따라가면

옛 바람 달려와서 내 품에 안기는데

들꽃은
그대가 보낸 향기 들고 서 있네

개울물 흘러오듯
나에게 닿는다면

친구 된 들꽃들도 줄을 서서 반길 텐데

그대여
바람처럼 물처럼 주저 말고 오소서

라일락 필 때면

내 가슴에
파란 바람
밀어 넣는 그대여

꽃향기 짙어지면 더 설레는 가슴인데

그대는
보랏빛 추상
마음속에
피는 꽃

진달래 꽃길

연분홍
진분홍이
숨 가쁘게 피어 있는

꽃길이
너무 고와
서럽도록 그리워서

그 꽃불
혼자 보다가
주저앉고 말았네

어느 봄날

산벚꽃 곱게 날려
쉬고 있는 꽃그늘에

그립고 보고픈 이 꽃비 맞고 오시려나

진 종일 꽃 사태 진 길을
서성이며 기다리네

산책길에

진달래 꽃망울을
무심코 꺾는 순간

맥없이 넘어지며 발목이 시큰댄다

행여나
하늘이 보시고
노하신 건 아니겠지

비와 우산 1

그리운
사람 올 땐
소낙비도 상관없어

손잡던
골목길로
꽃 우산 들고뛰면

무지개
다시 뜨겠지
소낙비도 그치겠다

일몰

이제는
아무것도 바랄 수가 없습니다

그 하늘 너무 멀어
볼 수 없는 당신인데

내 소리
듣고 온다면
온몸으로 안으리다

이제는
못 보내요, 다시는 못 보내요

잡은 손 놓는다면
못 간다고 잡으리다

그 얼굴
다시 볼 수 있다면
깍지 끼고 잡으리다

눈 쌓이는 밤

길이란 길
모두 막혀
올 수 없는 그대라면
퍼붓는 눈을 뚫고
내가 그곳 가오리다
기다림
깊은 밤이면 그리움만 겹 쌓이고

얼마나
더 기다려야
그대가 오시려나
사랑이 깊다면야
쌓인 눈이 두려울까
설야에
깊어 가는 정 촛농처럼 녹는다

백장미

그윽한 향기 번져
살며시 열어보면
겹겹이 비밀스러운 사랑이 숨어 있어
고고한 자태를 여며
들어설 틈 없어라

떼어 낸 꽃잎마다
날 세운 생가시들
깊은 속 뿌리 끝을 누구도 알지 못해
미소 띤 하얀 가슴에
들어 설 이 없어라

겹쳐진 꽃잎마다
그리움 배인 가슴
마음에 능라 펼쳐 흰 꽃잎 뿌려 우는
그 여인
열두 폭 속을 알아 낼 이 없어라

밥 한 끼의 힘

설레는 사람보다
편한 사람 더 좋더라

마음 터 함께 먹는 한 끼 밥은 보약 되고

힘들 때
밥 한번 먹자는
따뜻한 말 행복하고

아프고 외로울 때
정이 담긴 밥 한 끼는

빈 마음 채워 주는 따뜻한 위로되고

진정한
밥 한 끼 사랑은
일어서는 힘이 되고

흔적

당신의 빈자리에
남은 것은 그림자뿐

그곳이 좋으신지
소식조차 없으시네

냉정도
정이라지만
어찌 그리 무정하오

하늘로 이사 간 지
삼 년이 지나 건만

우체부가 부를 때면
맨발로 뛰어나가

체납된
고지서 받고
허탈하게 돌아서네

제야에

일 년 치
생각들을
섣달그믐 꺼내 놓고

하나하나
되돌려서
자세히 살필 제면

은밀한
소멸과 탄생
부려 놓는 종소리

새해에게

또 무얼 가져가려 어김없이 오시는가
눈부신 미소까지
결 고운 가락까지
이제는
타버린 가슴
그리움을 드리리다

또 무얼 보시려고 쉬지 않고 오시는가
빛바랜 이 모습을
곱게 보려 오셨는가
아직도
뜨거운 가슴
남았다고 전하리다

물가 풍경

여름내 성큼 자란
오리 가족 노는 물가

물이랑 일으키며
물고기는 꼬리치고

한 마리
물새는 홀로 먼 하늘만 바라본다

유유히 흘러가는
물결을 바라보면

날 보고 오란 듯이
소곤소곤 말을 걸어

나마저
풍경이 되어 그림처럼 서 있다

오솔길

구르몽의 "낙엽"을
노래하며 걸어가면

가슴속 깊은 곳에 사랑이 걸어 나와

지나온
오색 무늬를
길섶에서 찾아낸다

비

오늘은 그리움이
비가 되어 내리는지

당신께 못다 한 말
들어보려 오시는지

온종일
속살거리며
내 곁에서 사시네요

당신도 못다 한 말
빗속에 실렸는지

사랑해 미안해요
우리 서로 못 한 그 말

눈물이
빗물이 되어
창을 타고 흐르네요

귀갓길

소낙비
오는 날은
당신 혹여 비 맞을까

큰 우산
받쳐 들고
정류장을 나갔다가

쓸쓸히
발길 되돌려
펼친 우산 접고 온다

추억의 빗소리

조용히
비가 오면
꽃 우산 혼자 쓰고

산책로 따라가며
온기를 느껴 본다

묻어 둔
사랑 얘기가
눈을 뜨는 날이면

코스모스

사랑, 한 자락을
둑길에다 풀어놓고

바람에 흔들리며
옛사랑을 찾는 건지

지나는
사람들마다
목을 빼고 살핀다

당신의 강물

물안개
막 걷히는
새벽 강 언덕에서

"사랑을 위하여"를 목청껏 불러 댔지

두 마음
고이는 강물
늘 내 곁에 흐르련

그리운 날

당신이
그리우면
까맣게 낙서하다

애타게 보고 플 땐
얼굴 그려 색칠하고

마음도
그려 넣으면
떨리는 손잡아 주고

낮달

내 발길 닿는 곳엔
어디든 같이 와서

꽃 수건 깔아 주며 응원하던 당신인데

이제는
낮달로 떠서 호위무사 맡으셨네

2
세월이 약이라던데

비와우산

산사의 밤

산사의 밤 물소리
잠자리에 따라오면
풀벌레 우는소리 가슴속을 파고들어
새벽종
치는 소리에 소원 하나 싣는다

총총한 별빛들이
여명을 맞을 때면
첫새벽 맑은소리 가슴 가득 차오르고
비로소
내 안의 눈이 동살처럼 밝아 온다

우물가에서

살아온 내 모습을
물거울에 비춰보면

아직도 삭지 못한 무늬들이 떠올라서

아련한 추억을 풀어
수채화를 그리네

텃밭

텃밭을
가꿔보면
생명 소리 들려와서

봄날을
따라가는
발길은 분주해도

날마다
크는 모습에
새 기운을 얻는다

민들레

구부려 바라봐야
마주하는 야무진 꽃

밟히는 아픔쯤이야
참아내면 그만이지

넓은 땅
차지하려면 이쯤이야 견뎌야지

들꽃

바람의 *산비알에
꽃 무리가 황홀하다
오가는 사람마다 웃으며 반기지만
저 순결
이름도 없이 아픔으로 사는 거다

엉클어진 수풀 속에
고향인 양 자리 잡고
비바람 몰아쳐도 당당하게 꽃 피워서
더 넓은
세상을 향해 씨앗들을 날린다

* 산비탈의 충청 방언

휘파람새

밤마다
울어대며
내 맘을 읽고 있나

울다가 멀어지며
한숨짓는
눈물인가

가슴에
맺힌 설움이
북받치는 밤이여

어떤 미소

소년이
풀꽃 반지
끼워 주며 웃었다네

소녀도
풀꽃 시계 채워 주며 웃었다지

둘이는
웃기만 했네
마냥 마냥 웃었다네

파도야

무엇을 주고 싶어
끝없이 달려오나

어제도 오늘도 쉬지 않고 달려오니

이왕에
왔다 가려면 아픔이나 쓸어가렴

큰 행복

꽃 필 때나
꽃 질 때나 사철을 별일 없이

살가운 하루하루 소소한 일상들이

이제는
다 그리워요
가슴 뛰는 그날들

보름달

보름달 밝은 길을
머뭇머뭇 나서는데

가슴에 닿는 빛이 명치끝을 찌를 줄이야

저 달도
내 맘 아는지 묵묵히 따라온다

저녁 무렵

낙엽이
쌓인 길을
무심코 걸어가다

단풍잎 주워 들고 가로수에 기대서서

그리운
별 하나 찾는다
먼먼 하늘 바라보며

눈물 꽃

유난히
꽃이 많은
이 봄에 떠난 사람

꽃잎을
곱게 날려 꽃길을 낸다 해도

다시는
돌아오지 못할
눈물길로 떠난 사람

편지

당신을 생각하면
가만히 아파오고

가슴이 저리더니
삭신은 욱신대고

별안간
소낙비 내리듯 울음 꺼내 듭니다

가을 산

제 몸에
불을 질러 활활 타는
저 가을 산

행여나 불꽃 튈까
마음 여며 피하는데

순간에
옮겨붙은 불
내 가슴을 다 태운다

세월이 약이라던데

당신은
어찌하여
눈물로만 오시는지

가슴이
아프더니
온몸은 불덩어리

눈 감아
얼굴 감싸니
소리 없는 울음뿐

달무리

소쩍새 우는 밤은
당신이 올 것 같아

보름달 바라보며
두 손을 모으는데

오늘도
달무리 없으니 비 소식도 없겠다

수화 手話

고요가
속삭인다
둘이서 마주 앉아

손가락 앞세워서 고백을 하나보다

복사꽃
활짝 핀 소녀
수줍어서 웃는다

갈대

온몸을
잡아 달라 무작정 달려와서
막무가내 떼를 쓰며
손 내미는 그대신가
바람이 흔들어대도
끄떡 않는 저 절개

"구름에 달 가듯이"
바람 따라가는 그대
잡고 또 붙잡아도
갈피를 잡지 못해
오늘도 물가에 서서
가신임을 기다린다

강 건너 길

강 건너
신작로를
바라보는 마음속에

행여나
그 사람도
강 건너길 볼 것 같아

물이랑
따라가다가
오동 꽃잎 띄워 본다

거울 앞에서

부스스 마주하니
날 보고
웃으란다

살짝, 미소 지니
더 웃으라
눈짓한다

입꼬리
찢어지도록
더욱 크게 웃으란다

추억 여행

때늦은 가을 새벽
여행길 떠나면서

완행열차 타고 싶다
긴 세월 지난 오늘

지난날 추억 찾아서 간이역도 들러보고

빛바랜 세월 자락
깔려 있는 철길 따라

코스모스 늘어서서
우릴 반겨 손 흔들던

간이역 담장에 기대여 백일홍도 피었겠지

꽃을 말리며

바람은 냉정하게
핏줄마저 말려버려

모든 것 다 내주고
영혼 하나 잡고 있네

꽃잎은
죽어서도 사네
고운 모습 그대로

첫선 본 날

꽃향기 떨림으로
그대를 처음 본 날

첫눈에 반했는지
찻잔에 핀 꽃을 들고

둘이는
다방을 나오며
하마 벌써 손잡았네

꽃다발 닮은 바람
날마다 불어와서

축복을 서두르는
결이 맑은 그 사람은

지금껏
첫 느낌 그대로
그 눈빛을 달고 산다

3

어느 날, 물새처럼

• • • • • • • • • • • •

비와 우산

비와 우산 2

얼마나 많은 우산
펼치고 접었을까

살면서 우리 사이 비도 되고 우산 되어

아마도
저 하늘마저
가리고도 남으리라

우산이 되어주던
그 사람 떠났지만

빈 가슴에 단비 되어 내리는 사랑인가

그리움
젖은 옷자락
우산 속은 따뜻했네

내 손

손등엔 샛강 흐르는
빛바랜
나뭇잎 손

한 세월 지난 흔적 마디마디 배었어도

오늘도
컴퓨터 앞에서
자판기와 놀고 있다

어머니 얼굴
— 지하철에서

맞은편 유리창에
울 엄마가 보입니다

보고 또다시 봐도 어머니 얼굴이라

화들짝 놀라서 보니
내 얼굴이 겹쳐 있네

봄 나비

한복이 너무 고운
나비 같은 울 어머니
앞뜰에 날아드는
봄 나비 볼 적마다
막내딸
찾는 어머니 같아 반색하며 맞는다

한복을 곱게 입고
잔치에 가는 날은
어머니 닮았다며
친척들이 반기었지
모정이
그리운 자매들 나를 안고 좋아한다

딸 마중

작은 딸 기다리는
공항의 출구에서

그리운 어머니가
불현듯 생각나서

속울음
꾹꾹 참으며 애달픔을 달랜다

첫아기 안고 온 딸
그 모습이 대견하여

한숨에 얼싸안고
눈물 꽃피운 모녀

꽃다발
안겨 주면서 다시 보고 웃었네

어느 날, 물새처럼

외발로 물에 서서
생각에 잠긴 채로

떠가는 버들잎을
바라보는 물새 하나

물가에 외로운 나를 달래주듯 고요하다

물길도 아득하고
마음도 아득하고

물새의 눈빛마저
초점 없이 아득한데

너와 나 아련한 추억 물길 따라 흘러간다

길에 고인 눈물

단풍길 나들이에
같이 못 온
당신 생각

어쩌다 놓친 세월 후회가 몰려와서

억장이 무너져 내린다
발길마다
고인 눈물

가을, 어느 날

마음을 잡아 주던
들꽃마저 떠난 들에

바람의 손을 잡은
억새만 홀로 남아

황금빛
노을을 찍어
서사시를 쓰고 있다

단풍 연가

붉은 감 시샘하듯
잎새는 더욱 붉어

숨겨둔
진한 연정
나도 꺼내 달고 싶다

이 가을
불타는 단풍
내 가슴을 뒤흔드네

감은사지에서

감은사 절터에는
늙어버린 주춧돌이

동안거 들었는지 석탑을 치켜들고

아직도
살아 있는 전설
세월 속에 들고 섰다

남도 나들이

해남 땅 돌아 돌아
찾아간 땅끝 마을
갈두리 사자봉에 *토말비 산문 열어
전망대
남해 바람에 세상 근심 던졌네

완도는 멸치 자랑
진도는 그림 자랑
대교 밑 울돌목은 길손의 발길 잡고
남도 땅
판소리 가락 좋다, 좋다 다 좋다

두륜산 대흥사에
앉고 선 비문마다
서산대사 말씀 들고 찾는 이를 반겨준다
속까지
드러낸 샘물 우리 모습 보여 주고

* 한반도의 최남단 마을에 서있는 기념비

울돌목

진도대교 들머리에
우레 같은 목청이다

삼별초 명량대첩 강토를 지킨 물목

울돌목
만 장의 역사 귀를 세워 듣는다

채석강

하 세월
물과 뭍이
얼마나 만났기에

천만 번
뒤흔드는
물굽이를 이겨내고

한 생애
달려온 길을
절벽에다 쌓았나

고복
— 영국사 은행나무

지켜 낸 천년 세월
상처를 내보이며
반복된 수술에도 뒤틀린 몸을 끌고
달관한
몸짓 하나로
예술품이 되어 있네

무시로 넘나드는
물소리 바람 소리
목탁 소리 따라 살다 천년 수명 누려가며
만 리 밖
내다보시는
구도자가 되시었네

하얀 손수건

손수건 선물은
눈물이라
말들 해도

나에겐 순정 담은 사랑의 표시였지

첫사랑
담은 손수건
너와 나의 맹세였다

꽃처럼 살아요

꽃들은
매일매일
눈웃음만 치고 산다

우리도
저 꽃 닮아
늘 웃고 살다 보면

당신은
나팔꽃 되고
채송화는 내가 되고

수선화

바람은
차갑지만
다른 꽃들 나설까 봐

떨면서 기다려요
노랑 옷 차려입고

첫봄에
젤 먼저 핀 맘을
그대는 아시는지

꿀벌

날마다
찾아와서
날개 접고 앉아 놀다

단물만
쏙 빼 먹고
시침 떼 떠나가며

무엇이
그리 좋은지
하루 종일 윙윙댄다

탱자

귤이나 오렌지를
바라본 적 없습니다

그 꽃에 닿으려고
탐낸 적도 없습니다

햇살을
덤으로 받아
탱탱하게 익어갈 뿐

분재원에서

마디마디
묶여 있는
신음 소리 들릴 듯이

굵고 긴
쇠사슬에 운명을 맡겨놓고

험난한
세상을 산다
찬란한 꿈을 위해

담쟁이

오르다 떨어질까
아등바등 매달리면
햇살과 바람 손이
어린 손을 잡아 주며
힘들면
안쪽에 붙어 더 큰 꿈을 키우란다

수없이 오르다가
떨어지는 날이 와도
뒷걸음질하지 않고
무성한 잎 달아가며
날마다
성장하란다, 용기 잃지 말란다

치매

날마다
삭아가는
저 마음 어찌하나

기억의 끈을 잡고
골목길을 가다가도

가끔씩
아들 손잡고
영감이라 부른다

소나무와 막걸리

소나무 이식하면
삼 년 살기 힘들다고

옮길 때 막걸리를
취하도록 부어두면

뿌리가 잘려 나가도
술김으로 잘 산다네

늦게 핀 꽃 하나

텃밭에 호박 넝쿨
물기마저 다 버리고

심지 돋은 늦꽃 하나
온몸으로 끌어안고

살아서
못다 한 소임 유언처럼 남긴다

내 사랑 보름달

동그란
너의 얼굴
잘 익은 사랑 하나

먼 기별
전해주려
동산에 올라섰나

대문을
열어두었으니
언제라도 오소서

4

호수와 달

비와 우산

보랏빛 사랑

등나무 그늘 아래
나와 당신
쉬는 봄날

긴 세월 감아올린
고단한 이야기는

꽃망울
창창히 달린
보랏빛의 사랑이다

저녁 사색

물 한 컵 따라놓고
별빛을 사려 담아

마시고 또 마신다, 별빛 물빛 들고파서

밝아진
마음의 눈에
시 한 편을 담는다

여름 저녁에

목 울음 넘기면서
둑길을
걷다 보면

풀벌레 울음 따라
내 눈물도
지나가고

속울음
다 풀고 나니
별빛마저 초롱 하다

늦가을 연서

이 가을 나를 열어
사랑 길 나서 볼까
눈부신 생각으로 생기 돋는 이 가슴에
진분홍
물색이 곱다
단풍보다 더 곱다

한 번 더 나를 열어
사랑 길 들어설까
무지개 피는 언덕 사랑을 기다리며
늦가을
붉은 가슴에
망설이는 한 마리 새

저녁노을

뒷모습
아름다운
노을처럼 되고 싶어

날마다 다독이면 저 모습 빼닮을까

내 생에
떠나는 길도
노을처럼 고와야지

산소에서

바람 따라
여린 풀이 춤추는 뒷동산에

하얀 찔레 향은
울 어머니 내음이네

산모롱
돌고 돌 때면
젖고 젖는 내 가슴

코로나 명절

내 생전
손님 없이
명절을 쇠다 보니

몸은 편하지만
마음 밭이
허전하다

괜스레
벨 소리 놓칠까,
문 쪽으로 귀를 두네

후원에 핀 연꽃

깊숙한
궁궐에서
한 생을 살았기에

올곧게 다소곳이
피어 있는
고운 여인

가슴에
남은 열정이
불꽃보다 뜨겁다

가을, 뒤안길

친구 된
들꽃마저
떠나버린 텅 빈 들길

비울 것 다 비운
바람결에
노는 억새

하얗게
손사래 친다
둔덕에 올라서서

허수아비

이 계절 퍼포먼스
어깨가 뻐근하다

바람 찬 헌 옷 솔기
바람 찬 나의 운명

새들도
용서할 것이다
허세 떨던 지난날을

경주 괘릉에서

긴 세월
휴식에서 고만 좀 일어나라

누군가
지팡이로 툭툭 치면 깨어날 듯

천 년을
고적히 누워
침묵만을 쌓고 있다

무인 석상

천년을 바람 속에
파묻혀 살았지만

번득이는 눈과 몸매
위용이 살아 있어

세상을
고함칠 듯이
그 포즈가 심상찮다

돌탑

돌 하나
얹으려고
뭇사람이 줄을 서네

마음도 보태려고
두 손 모아 빌고 가네

겹겹이
쌓인 소원이
돌무덤을 이루었다

냇가에 앉으면

냇가에
홀로 앉아
흐르는 물 바라보면

마음도 물결처럼 말갛게 흘러간다

지난날
사랑 얘기는
종알종알 말을 걸고

새벽길

새벽길
젖고 가는
외로운 그림자도

새벽을
비춰 주는
희미한 그믐달도

내 마음
읽고 있는 듯
하늘 말씀 들려온다

물망초 그 소년

비 오는
둑길에서
우산 내민 그 소년이

소풍 길 끝에서는
풀꽃 반지 내밀던 손

지금도
비 오는 날엔
가끔 나를 생각할까

호수와 달

호수는
당신처럼
달을 안고 있어요

달도
나처럼
호수를 몽땅 차지했어요

보름밤
호수와 달이
우리 둘을 닮았네요

매미

묻어 둔 그리움이 소리로 일어선다
천 번은 불렀을까
만 번도 더 불렀다

기진한
내 울음소리
한나절을 적신다

천만 번 부른 이름 소리로 태어나서
속울음 풀어내면
이 가슴 채워질까

오늘은
소리에 얹어
한恨 가슴을 풀어 낸다

눈보라

날리듯 쏟아지네
그대의 미련이듯
못다 한 그 사랑을 눈발로 날리는가
저 허공
어느 곳엔 들 갈 곳 없는 마음아!

날리며 쏟아붓네
그대의 가슴이듯
못 잊는 그 인연을 눈발로 퍼붓는지
애달픈
그대 마음을 휘모리로 풀고 있다

기도

놓아라
하신다면
보내리다 내 사랑

잊으라
하신다면
잊으리다, 잊으리다

이제는
그리움마저도
포기하게 하소서

평 설

김홍열(사단법인 한국시조협회 명예이사장)

비와 우산

「노을이 물든 꽃밭」을 산책하며

김 홍 열

(사단법인 한국시조협회 명예이사장)

Ⅰ.

물신주의에 영혼을 뺏긴 현대 문명사회는 정신적 안정을 취하지 못하고 방황하던 차에 「코로나 19」라는 예상치 못한 암초를 만나 인류의 정신세계마저 완전히 파괴된 듯한 모습으로 살아가는 요즈음이다.

이처럼 피폐화된 정신세계를 다독이고 안정적 삶을 영위하도록 하는 일이 예술가의 책무일지도 모른다. 현대인들은 말초적 쾌락에 빠져 있다가 요즘 벌어지고 있는 사회현상, 즉 경제적 불안, 심리적 불안, 사회적 불안(대면) 등등에서 생기는 분노와 우울증이 파도처럼 겹쳐와 우리에게 더욱 심한 고통을 주고 있는 시기이다. 인간의 정신세계, 존엄과 가치가 IMF 맞은 주가처럼 폭락하여 깊은 수렁으로 추락하는 사회현상을 보며, 부의 축적에 매몰되고 대물림과 코드를 맞춘 권력의 줄을 잡으려고 윤리 도덕과 신의를 헌신짝처럼 내버리는 사회현상을 보며, 그 씁쓸한 맛을 달랠 수가 없다.

예술은 상품 주의를 경계하기는커녕 오히려 돈벌이 수단으로 천박한 예술 활동을 하는 방향으로 코드 시계가 맞추어져 있는 듯한 착각을 일으키게 한다.

우리는 시조를 지으면서 종종 시인의 언어를 생각한다. 시인은 일상어가 아닌 비유를 먹고사는 사람들이라고 한다. 시인의 언어는 글에 어울리는 문양으로 새겨진 언어이어야 한다.

독자에게는 언제나 희망과 꿈을 주는 어린이처럼 순수한 말을 건네야 한다.

특히 현대 시에서는 "관념"을 벗어나야 한다고 문덕수 시인은 말하고 있다.

멕시코시인 옥타비오 파스는 어느 책에서 보니 "세상은 사물의 총체적 모임이 아니라 기호의 총체"라고 했다고 한다. 공감되는 말이다. 내 눈에 보이는 것, 귀에 들리는 것은 모두 기호이다. 사물의 실체는 어떤 말로도 충분히 표현할 수 없다. 산도, 나무도 강도, 바람도 모두 기호인 셈이다. 이런 기호들이 모여 세상 풍경을 만들어내고 시인은 이런 기호들을 시로 풀어내는 언어의 마술사들이다. 사물은 모두 리듬이고 노래이며 흥이다.

사물은 기호로 표시할 수 있지만 인간의 감정, 정서와 관련된 언어들은 어떤 기호로 표시할 것인가? "정" "그리움" "사랑" 같은 말들도 기존 관념을 벗어나 새로운 기호로 표시되어야 할 시점에 와 있다.

시인은 이미 만들어진 은유만 먹는 것이 아니라 스스로 신제품을 만들어 먹어야 한다. 우리가 잘 알고 있는 "칠흑의 밤"이라는 표현에서 이 말은 이미 은유가 아니라 기호가 되어버렸다. 즉 누구나 알고 있는 비유로 신선미가 없는 말이 되었듯이 은유는 영속적일 수가 없다.

Ⅱ.

시정(詩靜) 김재분 시인은 단아(端雅)하고 우아(優雅)할 뿐 아니라 심성(心性)이 곱고 자상하여 많은 이로부터 사랑을 받는 연륜 깊은 시인이시다.

젊어서 교단에도 잠시 계셨지만 시를 사랑하는 마음이 남다르게 이순(耳順)에 이르러 대학원을 다니면서 정식으로 시(詩)를 공부했다. 많은 작품에서 보이는 아정(雅正)한 그의 노래는 많은 감동을 준다.

계몽주의 시대 프랑스의 사상가이며 작가인 볼테르에 의하면 "시는 영혼의 음악"이라고 했는데 시정 시인의 시집을 감상하다 보면 티끌 한 점 묻지 않은, 아침이슬 같은 시인의 영혼을 만날 수 있어서 작품 하나하나가 모두 애착이 간다.

비록 늦깎이로 시조에 입문한 분 이기는 해도 시조 한 편을 창작하기 위한 시인의 고뇌가 엿보이는 듯해 뜨거운 그 열정을 짐작케 하고 존경스럽게 만든다.

이번에 상재 하는 작품집은 몇십 년을 시전(詩田)에 살며 오랫동안 가꾸어 온 그분의 노래이다. 시(詩)의 굽이마다 가슴 아린 눈물이 배어 있다 약 3분의 1 정도가 야속하게 떠난 임을 그리워하는 여인의 절규이다. 시인의 가슴에 피는 꽃들은 모두 그리움의 꽃들로 싱싱하게 피어 거대한 꽃 정원을 만들고 있다. 「눈 쌓이는 밤」「편지」「추억의 빗소리」「냇가에 앉으면」「오솔길」「눈물 꽃」 등등 30여 편이 넘는다. 요즘 시인의 가슴을 채우고 있는 것은 오직 "그리움"뿐이다. 길을 가도 그립고, 꽃을 봐도 그립고, 냇물에 노는 원앙을 보아도 그립다. 심지어 풀벌레가 울어도 그 소리는 그리운 임을 찾는 애절한 노래로 들릴 뿐이다.

중국 서한 시대 사상가인 양웅은 "言心聽也, 書心畵也"라는 말을 했다. 시인이 어떤 사물(시적 대상)을 보고 인식하는 과정에서 사전적 의미와 다른 의미를 찾아내는 것은 분명 시인의 몫이라는 의미이지만 진솔한 마음보다 더 아름다운 그림은 없다.

아리스토텔레스는 "시인의 임무는 실제로 일어난 일을 이야기하는 것이 아니라 일어날 법한 일, 즉 개연성 또는 필연성의 법칙에 따라 가능한 일을 이야기하는 것"이라고 했다. 시인의 언

어가 일상적 언어가 아니라고 하는 말은 이를 두고 하는 말 같
다.

　시인의 가슴에 눈물을 먹고 피어난 꽃들이 너무 아름답다. 아
침 이슬을 물고 있는 풀잎처럼 순결하고 순수하다. 물론 창작 기
간이 일 천하여 다소 은유가 부족한 면도 없는 것은 아니나 은유
보다 더 아름다운 시는 순수함으로 부른 노래라고 생각한다. 이
런 때 묻지 않는 소녀 같은 마음으로 세상을 보고, 사랑을 하고,
그리워하는 여심은 꽃보다 향기롭고 더 아름답다.

　　　　길이란 길 모두 막혀
　　　　올 수 없는 길이라면

　　　　퍼붓는 눈을 뚫고 내가 그곳 가오리다.

　　　　기다림
　　　　깊은 밤이면 그리움만 겹쌓인다.
　　　　얼마나 더 기다려야
　　　　그대가 오시려나.

　　　　사랑이 깊다면야 쌓인 눈이 두려울까

　　　　설야에
　　　　깊어 가는 정 촛농처럼 녹는다.

　　　　　　　　　　　　　　　　　　—「눈 쌓이는 밤」 전문

짝 잃은 산비둘기가 한나절 내내 울어 눈물로 사태진 숲을 보는 것 같다. 미물도 저럴진대 한 생을 함께한 사랑이야 더 말할 필요도 없다. 언젠가는 반드시 헤어져야 할 운명이지만 우리는 누구이고 간에 그 이별의 시간을 알지 못한다. 창밖엔 눈이 내리고 밤은 깊어 가는데 행여 길이 막혀 못 올까 걱정하는 여인의 심정을 누가 헤아릴 수 있는가? 그래서 시인은 차라리 자신이 그 눈길을 뚫고 가서라도 만나고 싶은 소회를 석 줄 노래에 담아내고 있는 순애보이다.

소낙비 오는 날은
당신이 올 것 같아

큰 우산 받쳐 들고
정류장을 나갔다가

쓸쓸히 발길 되돌려 펼친 우산 접고 온다.

— 「귀갓길」 전문

평소에 늘 그랬듯이 비 오는 날이면 검정 우산도 꽃 우산이 되어 함께 걷던 길, 시인은 늘 하던 습관대로 자신도 모르는 사이에 우산을 들고 마중 나갔지만 받쳐 줄 이 없는 우산이라는 것을 문득 깨닫는 순간 그 허탈함이야말로 표현할 길이 없다. 그리고 그리움은 하염없는 눈물이 되어 추적추적 내리며 화자의 가슴을 더욱 아프게 한다. 임이 없는 우산은 무슨 소용 있겠는가? 그래서 우산을 쓰지 않고 그 빗속을 걸으며 통곡을 하고 있다. 얼마나 사랑했으면, 얼마나 그리웠으면 이런 심경에 이를까? 이는 시라기보다 오히려 한 여인의 절규다. 하늘이 무너져 내리는 소리이다.

> 조용히 비가 오면
> 산책로를 따라가며
>
> 꽃 우산 혼자 쓰고
> 온기를 느껴 본다.
>
> 묻어 둔 사랑 얘기가 눈을 뜨는 날이면.

—「추억의 빗소리」 전문

비 오는 날이면 그리움이 몰려와서 빗속을 걸으며 추억을 건져 올린다. 오늘도 시인은 꽃 우산을 홀로 쓰고 가면서 사랑하던 임의 온기를 찾아낸다. 우산 속에 남은 온기를 느낄 정도면 가슴에 타는 불꽃은 용광로 같을 것이다. 사랑의 힘이 위대하다는 것은 익히 알고 있었지만 시인의 가슴이 이처럼 뜨거운 줄은 몰랐다. 영원히 꺼지지 않는 불은 아마도 "사랑"이라는 불일 것이다.

가슴앓이 시정(詩靜) 선생의 시를 읽다 보면 문득 백수 선생의 시조 한 수가 떠오른다.

봉분 앞에서/정원영

쇠북처럼 무거운 몸 깃털처럼 잠든 아내
배꽃처럼 여리던 꿈 접고 누운 며늘아기
뻐꾸기 목 부러지겠네, 저 산 무너지겠네.

백수 선생은 시조계의 별이신 분이다. 이분의 작품을 소개하는
이유는 비유가 뛰어나기 때문이기도 하지만 서정성이 짙기 때문
이다. 그 순수한 사랑 앞에 무너지는 것은 노장의 가슴이나 여인
의 가슴이나 마찬가지라는 점을 말하고 싶어서이다. 진솔한 감정
표현보다 더 아름다운 것은 없을 것이다.

다음 작품에서 시인의 감정은 더욱 고조되고 있음을 보여 준다.

하늘로 이사간지
삼 년이 지나건만

우체부가 부를 때면
맨발로 뛰어나가

체납된 고시서 받고 허탈하게 돌아서네.

—「흔적」둘째 수

'눈에 보이지 않으면 마음도 멀어진다.'는 말이 있지만 가슴에
묻힌 참 사랑은 영원히 죽지 않는다. 죽어서도 살고 있다. 삼 년
이 지나가면 이제는 현실로 받아들여야 하지만 시인의 마음은

바뀔 수가 없다. "맨발로 뛰쳐나갔다가 허탈하게 돌아선다." 그 심정 표현은 아무리 다른 미사여구의 문장으로 꾸미려 해도 대체할 만한 일사일언(一事一言)이 떠오르지 않는다. 체납 고지서조차 애절한 그리움이 묻어 있어 그를 매만지며 또다시 흐느끼는 여심을 보는 듯하다.

유난히 꽃이 많은
이 봄에 떠난 사람

꽃잎을 곱게 날려 꽃길을 만든다 해도

다시는
돌아오지 못할 눈물길을 떠난 사람.

―「눈물 꽃」전문

화자는 왜 '유난히 꽃이 많은 봄'이라고 했을까? 물론 자연현상으로 보면 꽃이 풍성한 시절도 있고 그렇지 않은 시절도 있다. 그러나 시인은 유난히 꽃이 풍성하다고 느끼고 있는데 이는 아마도 꽃길 가기를 간절히 소망하는 사랑 때문에 그럴 것이다.

그러나 그 지천으로 핀 꽃은 종장에 가서 눈물 꽃이 되고 만다. 가족의 오열이 꽃보다 짙게 피는 순간이다. 소월이 '진달래'에서 노래한 영변 약산 진달래꽃을 아름 따다 가실 길에 뿌리는 마음보다 더 애절하다. 피눈물로 꽃을 피워 가는 길을 가득 채워야

하니 어찌 소월의 시에 비길 수 있으랴!

　　　맞은편 유리창에
　　　울 엄마가 보입니다.

　　　보고 또 다시 봐도 어머니 얼굴이라

　　　화들짝 놀라서 보니 내 얼굴이 겹쳐 있네.

　　　　　　　　　　　　　　—「어머니 얼굴」 전문

　이 세상에 어머니란 꽃보다 더 아름다운 꽃은 없다. 어머니란 이름보다 더 위대한 인물도 없다. 어머니란 이름보다 더 강한 물질도 존재하지 않는다. 이 아름답고 위대한 사람은 다름 아닌 "여인"이란 가냘픈 풀꽃이 지니고 사는 이름이다.

　우리는 누구나 늙어 가면서 부모를 닮아 간다. 왜? 천륜이니까.

　요즘 인간이기를 거부한 짐승만도 못한 소식에 우리는 분노하고 슬프고 가슴을 도려내는 아픔 속에 큰 충격을 받기도 하지만 이는 금수(禽獸)들도 하지 않는 일부의 행위일 뿐이다.

　모정은 절대 녹슬지 않는다. 오히려 세월이 지날수록 아름답게 빛나는 보석이다.

　자신의 얼굴에서 어느 날 문득 나타난 어머니 얼굴을 발견한다는 것은 그만큼 그립 다는 말이 된다.

마디마디 묶여 있어
신음 소리 들릴 듯이

굵고 긴 쇠사슬에
운명을 맡겨놓고

험난한
세상을 산다, 찬란한 꿈을 위해

—「분재원」

　이 작품을 감상하다 보면 우리 인생사를 보는 것 같다. 그 수많은 나무 중에 하필 분재의 삶을 살아야 하는지….

　인간은 고상한 취미를 즐긴다는 이유로, 예술을 창작한다는 이유로 나무의 의사는 묻지도 않고 자르고, 비틀고, 묶고, 뒤틀어서 불구의 삶을 살게 하고도 멋진 예술품을 창작했노라며 그 재주를 뽐내고 감상을 권유한다. 만약에 나무가 사람을 그처럼 가혹하게 다룬다면 그 고통이 어떠할지 생각이나 해보았는가?

　우리는 종종 역지사지라는 말을 쓴다.

　이렇게 고통 속에 사는 분재의 가치는 돈으로 환산된다. 천박한 자본주의의 극치를 보는 것 같다. 살아 있는 생명을 담보로 창작되는 예술품이 과연 그만한 가치를 지니고 있는지 의문을 갖게 한다. 예술가는 어떤 경우에도 살아 있는 생명의 고통을 대가로 예술품을 만들면 안 된다는 것이 필자의 소신이다.

시인은 은유를 먹고살기 때문에 꽃과도 대화를 나누고 나무와도 이야기를 한다. 심지어 굴러가는 돌멩이와도 이야기를 할 수 있는 능력의 소유자이다. 시인은 지금 분재와 대화를 나누며 그 아픔을 어루만져 주고 있다.

시정 시인은 지금 이러한 현실적 고통 속에서도 한 가닥 희망을 찾아내려고 애쓰고 있다. 절망하지 않는 의지를 본다. 찬란한 꿈을 실현시키려는 분재의 삶에 우리는 다시 한번 감탄할 뿐이다. 분재는 시인 자신일 것이다.

시와는 다르게 시조의 중요한 창작법 중 하나가 종장에 가서 반전을 시키는 것이다. 시조 종장은 반전의 묘미로 희망의 메시지를 던지는 것이다. 시인은 자신의 작품을 읽고 독자의 아픈 상처를 싸매주는 의사가 되어야 한다. 희망의 메신저(messenger) 역할을 맡아야 한다.

> 날마다 삭아가는
> 저 마음 어찌하나
>
> 기억의 끈을 잡고
> 골목길을 가다가도
>
> 가끔씩
> 아들 손잡고 영감이라 부른다.

—「치매」 전문

우리나라도 65세 이상의 고령 인구를 중심으로 치매율이 점점 높아지고 있다는 보도는 우리를 슬프게 한다. 주위로부터 한때는 총명하다는 소리를 달고 산 노인 중에도 느닷없이 치매라는 병마에 잡혀 고생하는 분들이 꽤나 있다. 이런 정신적 현상은 자신의 의지만으로 통제가 불가능한 질병이다. 막상 본인은 기억의 상실로 슬픔을 모르겠지만 자녀나 친구 친지들은 정말 가슴이 찢어지는 일이다. 수많은 증세의 사례들을 통하여 습득된 치매에 대한 우리의 기억은 생각만 해도 끔찍하다. 평소 적당한 운동과 식습관, 그리고 정신의 끈을 놓지 않으려는 노력이 필요하다. 두뇌 운동을 해야 한다. 전두엽의 퇴화를 막는 최선의 길은 시를 쓰는 일이 아닐까?

　치매를 예방하는 백신은 바로 매일 시를 쓰는 일일 것이다. 이 작품은 구태여 해설이 필요 없고 오히려 군더더기가 되는 말이다.

　　　손등에 샛강 흐르는
　　　빛바랜 나뭇잎 손

　　　한 세월 지난 흔적 마디마디 배었어도

　　　오늘도
　　　컴퓨터 앞에서 자판기와 놀고 있다.

　　　　　　　　　　　　　　　　　　—「내 손」 전문

어느 날 거울을 보다가 깜짝 놀랄 때가 많다. 거울 속에 낯선 사람이 나를 보고 있기 때문이다. 초장 '손등에 샛강이 흐른다.'는 표현이 지금껏 누구한테도 들어보지 못한 "낯설게 하기"이다. 그 손은 아마 물기 한 점 남아 있지 않는 나뭇잎 같은 늙은 손일 것이다. 한때는 손이 예쁘다든지 곱다든지 하는 칭찬을 듣던 손인데 어느 날 나뭇잎이 되고, 샛강이 되리라고 생각이나 했겠는가? 누구나 지나가야 하는 인생사의 한 과정이지만 시정(詩靜) 시인은 슬퍼하기보다 오히려 그 손을 은근히 자랑을 한다. 그 손으로 한 가정을 지켜 왔으며 자식들을 키워 낸 손이다. 그러나 시인은 나뭇잎처럼 늙어버린 손을 보며 안타까워하고 서글퍼하고 비관하기보다 오히려 '컴퓨터 앞에서 자판기와 놀고 있다.'라는 기발한 착상으로 독자에게 기쁨과 희망을 선물하고 있다. 시인의 손은 그래서 더욱 곱고 아름답다. 늙어서도 쓸모가 있는 삶의 동반자가 된 손이다. 고독하거나 외로움을 느낄 시간이 없는 고마운 손이다.

　　돌 하나 얹으려고
　　뭇사람이 줄을 서네.

　　마음까지 보태려고
　　두 손 모아 빌고 간 뒤

　　겹겹이
　　쌓인 소원이 돌무덤을 이루었다.
　　　　　　　　　　　　　　　　　　　　　　ㅡ「돌탑」 전문

사람은 풀처럼 약하다. 칼을 잡은 장군도, 권력을 쥔 임금도, 황금 방석에 앉은 재벌도 신 앞에서는 모두 약자이며 어린애이다. 어떤 자는 더 많은 돈을, 어떤 자는 더 큰 출세를, 어떤 자는 영생을 빌 것이다.

'돌탑'이 영험하든 아니든 그것은 차치하고 신(神)이 머물든 안 머물든 간에 각자는 나름의 소원을 빌기 위해 돌멩이 하나를 들고 줄을 서서 기다린다. 그것이 사람 마음이다. 실바람에도 흔들리는 갈대이기 때문이다.

시인은 종장에서 '소원이 겹겹이 쌓였다.'고 말한다. 아마 신(神)도 이쯤 되면 머리가 지끈거려 자리를 떴을 지도 모른다.

탑(塔)의 유래를 보면 석가모니의 사리를 봉안하기 위한 축조물에서 시작되었다고 한다. 석가모니는 진리를 깨우친 절대적 인물이다. 더구나 우리나라는 불교가 유입된 이래 장구한 세월을 민족과 함께한 신앙이다. 그래서 탑에 대한 믿음이 석가모니와 겹치기 때문에 그만큼 기대치도 클 것이다. 큰 나무를 보아도, 큰 바위를 만나도 사람들은 습관처럼 돌쌓기(돌무덤)를 좋아한다. 신앙이란 원래 이런 모습이니까.

　　　내 생전 손님 없이 명절을 쇠다 보니

　　　몸은 편하지만
　　　마음 밭이 허전하다.

괜스레

벨 소리 놓칠까, 문 쪽으로 귀를 두네.

─「코로나 명절」전문

　서두에서도 언급한 바가 있지만 이「코로나 19」라는 괴물(바이러스)은 인류의 삶에 큰 영향을 미친 것은 틀림없다. 비 대면이라는 사회현상은 우리를 슬프게 만들었다. 인간의 감정을 사막처럼 건조하게 만들었다. 사회에 불신 풍조, 책임 전가, 심지어 권력자의 통치 수단으로 쓰이기도 했다. 그러나 한편으로는 인류 문화를 송두리째 뒤바꾸거나 IT 산업처럼 상상을 초월할 정도로 변화시켜 놓은 것도 또한 부정할 수 없다. 전통 유교 문화에 젖어 살던 우리는 조상의 제사를 모시지 않는다는 것은 큰 불효라는 생각이다.

　시정 시인은 이러한 사회현상을 이해하면서도 한편으로는 은근히 자식들이 모여 예배드리기를 기대하고 있다. 할 일이 없어 TV나 보고 있다가 행여나 벨 소리를 못 들을까 염려되어 두 귀를 현관에 두고 있다. 종장은 참 좋은 표현이다.

　과거에는 비유 그중에서도 은유를 잘하느냐, 아니냐에 따라 작품의 예술성을 논하곤 하였지만 지금은 언어의 조합을 새롭게 해야 독자에게 신선미를 줄 수 있다.

　귤이나 오렌지를 바라본 적 없습니다.

그 꽃에 닿으려고
탐낸 적도 없습니다.

햇살을 덤으로 받아 탱탱하게 익어갈 뿐.

— 「탱자」 전문

이 작품을 감상해 보면 독자에게 전하고자 하는 메시지가 선명
하게 보인다.

탱자는 향은 그럴듯해도 과육이 별로 없어 오렌지나 감귤에 비
해 그 가치를 인정받지 못한다. 그래서 탱자의 입장에서 보면 오
렌지나 귤이 부러울 법하다.

시는 은유(隱喩)를 할수록 깊이가 있다고 한다. 이 말은 시는
은유로 해야 맛이 있고 예술성 있는 작품이 된다는 의미이기도
하다.

시는 숱한 의미가 응축된 메타포와 이미지의 동굴로 더듬어 들
어가는 과정이다.

탱자는 시인 자신이다. 보조관념만으로 된 작품이다. 귤이나
오렌지는 뭇사람의 선망 대상인 훌륭한 인물이다. 그러나 탱자
는 자신의 능력을 잘 알고 있어 감히 그들을 넘보지 않는다. 부
러워하지도 않는다. 또 분수(능력)를 잘 알기에 오렌지 꽃이 되
려고 아등바등 살지 않는 여유도 있다. 소크라테스의 말처럼 자
기 자신을 알면 갈등도 성냄도 비판도 부러움도 없어진다. 진정

한 행복은 바로 이런 것이 아닐까?

　종장에서 "햇살을 덤으로 받아 탱탱하게 익어간다."로 표현하여 자신에게 주어진 여건에 만족한다, 그것도 덤으로 받은 햇살에 감사할 뿐이다. '덤으로 받은 햇살'은 무엇일까? 아마 절대적 신(창조주)이 시인에게 무상으로 준, 시를 창작할 수 있는 능력을 암시하는 것이라 생각된다.

　　　친구 된 들꽃마저
　　　떠나버린 텅 빈 들길

　　　비울 것 다 비운
　　　바람결에 노는 억새

　　　하얗게
　　　손사래 친다, 둔덕에 올라서서.

　　　　　　　　　　　　　　　　　—「가을, 뒤안길」 전문

　이 작품 역시 은유로 되어 있다. '들꽃', '텅 빈', '바람결에 노는 억새', '손사래' 등이 대표적이다. 세월이란 괴물은 생명이 있는 것은 단 하나의 예외도 없이 그냥 두지 않는다. 중장의 "비울 것 다 비운 바람결에 노는 억새"는 달관한 어느 시인의 유유자적하는 모습을 연상케 한다. 그 억새는 바로 시정 시인 자신일 것이다.

세상이 그를 유혹해도 이제 그는 지분(知分)하기에 욕심을 내지 않는다. '손사래'치는 그 마음이야말로 세상을 보는 경지에 오른 눈(目)이다. 욕심은 자신을 스스로 파먹는 바이러스라는 것을 알고 있기 때문이다. 억새는 왜 둔덕에 올라서 있는가? 돌아가는 세상을 더 잘 보기 위해서이다. 시야를 넓혀 세상을 보면 요지경 같을 것이다. 과욕으로 어지럽게 돌아가는 세상과 아주 작은 자신의 정신세계를 대비시켜 독자로 하여금 감정 이입을 빨리하려는 의도이다.

제목에서 "가을"이 주는 이미지 역시 황혼기(黃昏期) 임을 암시하는 암유(暗喩)적 메타포(metaphor)이다.

Ⅲ.

이상 시정(詩靜) 시인의 작품 90여 편 중에서 몇 편을 감상해 보았다. 시조는 3장 6구 12소절이라는 제한된 형식 속에서 함축적인 언어 구사로 절제의 미를 추구하는 장르이다. 동서를 통틀어 시의 조상은 시조라 할 만큼 그 역사가 길다. 그래서 시조를 짓는 작가들의 자부심은 대단하다. 시조의 정교함 자체가 하나의 예술이기 때문이다.

옛 시조와 달리 현대시조는 시조의 정체성을 파괴하지 않으면서 순우리말로 된 현대적 언어 감각을 살려내어 지어야 하는데 시정 시인은 이러한 시조의 특성을 잘 살려내고 있다. 시인의 오랜 삶의 철학이 녹아들어 작품 하나하나가 맛깔난다.

어떤 작품은 비유를 하지 않고 서정성만 살려 작품을 완성했는가 하면, 어떤 작품은 세 줄의 평범한 문장 속에 깊은 철학적 이미지를 숨겨두고 독자로 하여금 그 행간을 찾아내도록 유도하기도 했다.

늦은 나이에 시작한 시조 창작임에도 이처럼 잘 지을 수 있는 것은 아마 관심과 시를 써온 오랜 경륜 때문이라 여겨진다.

특히 평생을 자유시를 써 왔으면서도 자유시의 잔재가 묻어 있지 않는 점이 돋보이며 시조 시인들이 본받아야 할 장점이다. 즉 시조의 전형을 잘 유지하고 있는 점을 말하는 것이다.

앞으로 창작에 더욱 몰두하셔서 길이 남을 명작을 생산해 주실 것을 당부 드리며 다시 한번 첫 시조집 『비와 우산』 상재를 축하 드린다.

2021. 봄 南峴齊에서

南谷 씀

시인 **김 재 분**

호는 시정(詩靜) 청주 출생
청주 사범학교, 방송통신대, 명지대 문화예술대학원
문예창작과 졸
1998년 시 등단(월간 문학세계) 2020 시조 등단
(사)한국문인협회, 현대시인협 (사)국제펜클럽
(사)한국시조협회 회원

저서 「내 안의 연못」, 「그대 그리고 나」, 「그 숲에 이는 바
람」, 「그대의 미소가 꽃이 되는」 외 다수
첫 시조집 「비와 우산」
수상 순수문학상, 서초문학상, 동포문학상

비와 우산

초판 1쇄 인쇄일	ㅣ 2021년 8월 13일
초판 1쇄 발행일	ㅣ 2021년 8월 16일

지은이	ㅣ 김재분
펴낸이	ㅣ 한선희
편집/디자인	ㅣ 우정민 우민지
마케팅	ㅣ 정찬용 김보선
영업관리	ㅣ 한선희 정구형
책임편집	ㅣ 우민지
인쇄처	ㅣ 으뜸사
펴낸곳	ㅣ 국학자료원 새미(주)

등록일 2005 03 15 제251002005000008호
경기도 고양시 일산동구 중앙로 1261번길 하이베라스 405호
Tel 4424623 Fax 64993082
www.kookhak.co.kr
kookhak2001@hanmail.net

ISBN	ㅣ 979-11-6797-002-2 *03800
가격	ㅣ 9,000원